# The Shark That Taught Me English

By Michelle Markel, Illustrated by Bo Young Kim

## El tiburón que
## me enseñó inglés

Escrito por Michelle Markel, Ilustrado por Bo Young Kim

**Lectura Books**
www.LecturaBooks.com
Los Angeles

When I started school in America I didn't understand a word the teacher said. All I thought about was Mexico, about my father still there and the garden and the goats and chickens, while Miss Goodman talked on and on.

Not long after I came to this country she took me to the back of the room, showed me pictures and asked me to name them in English: a backpack, an egg, a pencil. I only knew the words for them in Spanish. From my mouth came nothing.

To help me out, Miss Goodman sat me next to José, the boy from Michoacán who's been here for many years. We'd talk and talk until the teacher shouted, "Sofía!" We spoke in Spanish, the beautiful language of my country, the language that flows from me as swiftly as a river.

Cuando comencé en la escuela en los Estados Unidos no entendía ni una palabra de lo que decía la maestra. Sólo me acordaba de México, de mi padre que aún estaba allí, del jardín y de los chivos y las gallinas, mientras la señorita Goodman hablaba y hablaba.

Poco después de haber llegado ella me llevó al fondo del salón, me enseñó fotos y me pidió que las nombrara en inglés: una mochila, un huevo, un lápiz. Yo sólo sabía las palabras en español para esas cosas. De mi boca no salió nada.

Para ayudarme, la señorita Goodman me sentó junto a José, el niño de Michoacán que ya lleva muchos años aquí. Hablábamos y hablábamos hasta que la maestra gritó: —¡Sofía! Hablábamos en español, la bella lengua de mi país, que de mí fluye tan rápido como las aguas de un río.

3

José helped me in class, but I was on my own for homework. That's why Miss Goodman gave me easy papers, papers for babies. I'm not a baby. I'm eight years old.

José me ayudaba en clase, pero tenía que hacer la tarea yo sola. Por eso la señorita Goodman me daba trabajos fáciles, como para bebés. Yo no soy bebé. Tengo ocho años.

One night I was supposed to read to my mama this little paper book about a clown.

"Read it to me, my love," Mama said. "Read it to me and your papa will be so proud of you."

But I didn't. I just crumpled it up and threw it away.

Una noche tenía que leerle a mi mamá un librito que se trataba de un payaso.

—Léemelo, mi amor —dijo mi mamá—. Léemelo y tu papá estará muy orgulloso de ti.

Pero no lo hice. Solamente arrugué el libro en una bola y lo tiré.

That's how it was with me, until the shark showed up in our classroom. It was an outline of the most dangerous fish in the sea, stretched across one whole background.

I stared at the shark all day. Why had my teacher put it up there? It scared me, but I couldn't take my eyes off it. Miss Goodman noticed, and spoke to me. José translated. "Don't be afraid of the shark," he said. "It's going to teach you English." What a crazy thing to say.

Así es como me iban las cosas hasta que el tiburón apareció en mi salón. Era un perfil de uno de los peces más peligrosos del mar, estirado a lo largo de todo un tablón en la pared.

Me quedé mirando el tiburón todo el día. ¿Por qué lo puso allí la maestra? Me asustaba pero no podía mirar otra cosa. La señorita Goodman se dio cuenta y habló conmigo. José tradujo.
—No le tengas miedo al tiburón —dijo—. Te va a enseñar inglés.
Qué locura.

After lunch the teacher showed us pictures of the ocean. She took out books about the fish and other ocean animals and set them on the table. Finally, she walked over to the shark. She wrote three words above it.

"Great white shark," she said, looking at me.

"Great white esshark," I said.

"Not esshark," she said. "Shark."

She spoke for a few more minutes, and everyone closed their eyes.

"What's going on?" I asked José.

Después de almorzar la maestra nos enseñó fotos del mar. Sacó libros de peces y otros animales del mar y los puso encima de la mesa. Al final, caminó hacia el tiburón. Escribió tres palabras sobre él.

—*Great white shark* —dijo la maestra mientras me miraba.

—*Great white esshark* —dije.

—*Not esshark* —dijo ella—. *Shark*.

Habló unos minutos más, y todos cerraron sus ojos.

—¿Qué está pasando? —le pregunté a José.

9

"We're supposed to imagine we're sharks," he said. "We're supposed to tell her how we'd move through the water."

"That's easy," I said. "I'd use those, those pointy things." I didn't even know how to say it in Spanish.

—Tenemos que imaginar que somos tiburones —dijo—. Le tenemos que decir a la maestra cómo nos moveríamos en el agua.

—Eso es fácil —le dije—. Usaría esas cosas puntiagudas. Ni siquiera sabía cómo decirlo en español.

10

Caudal Fin

The teacher wrote some words on the board, next to the pointy things sticking out of the shark, and read them: caudal fin, dorsal fin, pectoral fin.

"Fins," I said.

La maestra escribió algunas palabras en el pizarrón, a un lado de esas cosas puntiagudas que tenía el tiburón, y las leyó: *caudal fin, dorsal fin, pectoral fin.*

—*Fins* —dije.

13

That night I told my mother about the great white shark.

"Esshark," she said.

"Shark," I told her.

Esa noche le platiqué a mi mamá del gran tiburón blanco.

—*Esshark* —dijo ella.

—*Shark* —yo dije.

15

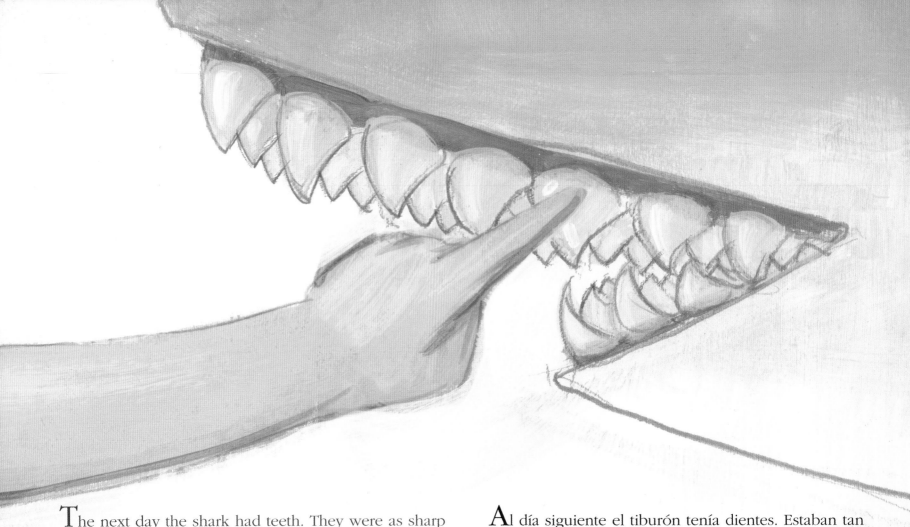

The next day the shark had teeth. They were as sharp as knives. I couldn't stop looking at them.

The teacher pointed to the mouth, and said the shark has three rows of teeth. "Teeth," I said, running my tongue over my own.

Miss Goodman said something and laughed. José told me she said not to worry, paper sharks can't hurt you. But all day I looked at those teeth and imagined them sinking into my back.

Al día siguiente el tiburón tenía dientes. Estaban tan filosos como cuchillos. No podía dejar de verlos.

La maestra señaló a la boca y dijo que el tiburón tiene tres hileras de dientes.
—Dientes —dije, pasándome mi lengua sobre los míos.

La señorita Goodman dijo algo y se rió. José me explicó que ella dijo que no me debía de preocupar, los tiburones de papel no me pueden hacer daño. Pero todo el día veía a esos dientes y me imaginaba que se me clavaban en mi espalda.

The next day the shark had a nostril.
"With his nostril he can smell blood
35 miles away," José told me. It
also had an eye. It watched me all
afternoon.

Al día siguiente el tiburón tenía una
fosa nasal.
—Con su nariz puede oler la sangre a
una distancia de 35 millas —me dijo
José. También tenía un ojo. Me miró
toda la tarde.

19

Walking home after school, the shark nibbled at my thoughts. At dinner, it swam across the table. "Can you see it?" I asked my little sister. "Its eye, its fin, and its teeth." At night the shark cruised through my dreams, its fin slicing through the ocean. I was on a boat, sailing off to get my father in Mexico. "Shark!" I cried from the deck, and we sped away.

Caminando a casa después de la escuela, el tiburón picoteaba mis pensamientos. Durante la cena, nadaba de un lado de la mesa al otro. —¿Lo ves? —le pregunté a mi hermanita—. Su ojo, su aleta, y sus dientes —dije en inglés. En la noche el tiburón navegaba en mis sueños, su aleta atravesando el mar. Yo estaba en un barco, viajando a México a recoger a mi papá. Desde la cubierta grité:
—¡Tiburón! —y nos fuimos rápido de ahí.

20

Miss Goodman showed us movies about the shark. She had us sing songs about it. She had us do pages of work too. Usually during science she'd give me easy papers, something for babies, but now she let José help me work along with the rest of the class.

Best of all, our class took a trip to the aquarium. In a huge tank streaked with sunlight I saw them, a mother shark, and her baby.

"Shark," I said. "Fins for swimming. Eyes for seeing. Teeth for eating."

And in the other tanks, swaying ribbons of kelp, and so many fish, I could not name them all. I didn't even know the names in Spanish: stingray, starfish, sea horse, jellyfish, urchins, eels.

La señorita Goodman nos enseñó películas del tiburón. Nos hizo cantar canciones sobre tiburones. Nos puso a hacer páginas de trabajo también. Normalmente durante el periodo de ciencias me daba trabajos fáciles, como para bebés, pero ahora dejó que José me ayudara a trabajar con los demás estudiantes.

Lo mejor de todo fue la excursión que nuestra clase hizo al acuario. En un tanque grandísimo iluminado por los rayos del sol, los vi: una mamá tiburón y su bebé.

—Tiburón —dije—. Aletas para nadar. Ojos para ver. Dientes para comer.

Y en los otros tanques, bandas ondulantes de algas marinas, y tantos peces, no los podía nombrar todos. Ni siquiera conocía los nombres en español: raya látigo, estrella de mar, caballito de mar, aguamalas, erizos de mar, anguilas.

After the trip to the aquarium, we finished studying the sea. One afternoon, Miss Goodman took down the shark poster and rolled it up.

"Would you like to take it home, Sofía?" she asked me.

Después del viaje al acuario terminamos de estudiar el mar. Una tarde, la señorita Goodman bajó el dibujo del tiburón y lo enrolló.

—¿Te gustaría llevártelo a casa, Sofía? —me preguntó.

Later, when my father came to join us from Mexico, I clung to him like a starfish on a rock. Then I took his hand and led him into the living room. Glaring at us from the wall, where my mother let me put him up, was the great white shark.

"Look, Papa," I said. "There's the shark that taught me English."

And during the next few months, it helped teach my father English, too.

Después, cuando mi padre vino de México, me quedé pegada a él como una estrella de mar se pega a una piedra. Luego lo llevé de la mano a la sala. Dándonos una mirada feroz desde la pared, donde mi madre me dejó ponerlo, estaba el gran tiburón blanco.

—Mira, papi —le dije—. Ahí está el tiburón que me enseñó inglés.

Y durante los siguientes meses, también le ayudó a mi padre a aprender inglés.

25

A pencil
Un lápiz

The shark
El tiburón

The teacher
La maestra

The fish
Los peces

26